LA GRAN ACTUACIÓN

Títulos publicados

UN FABULOSO DESCUBRIMIENTO

–¿A que no adivinas lo que he descubierto hoy? –exclamó Jessica, mientras se balanceaba sobre las puntas de sus pies–. ¡Ya sé *quién es en realidad* la señora Harrington!

La señora Wakefield y Elisabet miraron a Jessica.

–¿Quién? –preguntaron al unísono.

Jessica señaló el aparato de televisión.

–Ahí está. ¡Ésa es la señora Harrington!

Elisabet miró la película antigua en blanco y negro que daban por la tele. El rostro de la estrella de cine que la miraba no era el de una anciana delgada y llena de arrugas, sino el de una mujer joven y bella de pómulos pronunciados y sonrisa radiante.

La señora Wakefield contuvo la respiración:

–¡De modo que ahí era donde yo la había visto!– exclamó.

–¡Eso es! –dijo Jessica triunfante–. ¡La anciana señora Harrington es en realidad Dolores Dufay, la maravillosa estrella del teatro y del cine!

LAS GEMELAS DE SWEET VALLEY

LA GRAN ACTUACIÓN

Escrito por Jamie Suzanne

Personajes creados por
FRANCINE PASCAL

Traducción de
Conchita Peraire del Molino

EDITORIAL MOLINO
Barcelona

© EDITORIAL MOLINO 1993
de la versión en lengua española
Calabria, 166 08015 Barcelona

Depósito legal: B-27.553/93
ISBN: 84-272-3593-3

Impreso en España   Octubre 1993   Printed in Spain

LIMPERGRAF, S.A. – Calle del Río, 17 nave 3 – Ripollet (Barcelona)

I

–¡Oh, no! ¡Qué desastre! –exclamó Jessica Wakefield un lluvioso sábado por la tarde–. ¡Mira qué hora es!

–Las dos y cuarto –dijo Elisabet, la gemela idéntica de Jessica–. ¿Y qué?

–Pues que tenía que haber hecho galletas para la reunión de las Unicornio de esta tarde –gimió Jessica mientras pasaba sus manos por su larga cabellera rubia–. ¡Me olvidé y ahora es demasiado tarde! La reunión es a las tres y media. –Puso los ojos en blanco con gesto dramático y se dejó caer en un sillón con un suspiro–. ¡Lila Fowler *me va a matar*! ¿Qué voy a hacer?

Elisabet reprimió una sonrisa. Su hermana siempre exageraba. Tenía talento de actriz. Un par de semanas atrás, Jessica y Elisabet fueron al Teatro Comunitario de Sweet Valley para ver una función que representaba una compañía de mucho renombre. Al día siguiente, Jessica fue a la biblioteca a buscar la biografía de Sara Bernhardt, una actriz famosa. La leyó de cabo a rabo y ahora estaba convencida de que ella sería la próxima Sara Bernhardt.

Aunque Elisabet comprendía que a su hermana le gustase el teatro, ella no tenía ningún interés en ser actriz. De hecho, aparte de su melena rubia, sus ojos aguamarina y el hoyuelo de la mejilla izquierda, las gemelas tenían pocas cosas en común. Elisabet, que era cuatro minutos mayor que Jessica, era la más seria y responsable. Le encantaba trabajar para el *Sexto Grado de Sweet Valley*, el periódico de sexto de la Escuela Media de Sweet Valley, y esperaba llegar a ser escritora algún día. Pasaba gran parte de su tiempo libre leyendo, especialmente misterios e historias de caballos. Los caballos eran sus animales favoritos e iba a clase de equitación una vez a la semana.

Pero a Jessica no le interesaba más que un animal: el mítico y mágico unicornio. Era el símbolo del Club de las Unicornio, un grupo de chicas que se consideraban las más bonitas y populares de la escuela, y Jessica tenía el honor de pertenecer a él. En realidad, para demostrar lo especiales que eran, procuraban llevar cada día algo morado, el color de la lealtad. Además de ser una Unicornio, Jessica pertenecía al grupo de animadoras de la escuela, las Boosters. Y siempre le interesaba participar en las funciones. Le encantaba ser el centro de atención, en este momento como en cualquier otro.

–¿Qué voy a hacer? –repitió Jessica en voz alta.

–¿Respecto a qué? –preguntó su madre al entrar en la cocina.

–Oh, mamá –exclamó Jessica mientras se ponía en pie de un salto–. Tienes que ayudarme. ¡Tengo un problema muy serio!

–¿Qué clase de problema, Jessica? –preguntó la señora Wakefield–. ¿Qué pasa? –Una arruga de preocupación surcó su frente.

Jessica se retorcía las manos con el rostro contraído.

–Algo terrible, ¡terrible! Necesito...

–Lo que necesita –le interrumpió Elisabet con tranquilidad– es una docena de galletas.

La señora Wakefield suspiró.

–Jessica, *ojalá* no exageraras tanto.

–¡Pero si no exagero! –gimió Jessica–. Le prometí a Lila que esta tarde llevaría galletas a la reunión del Club de las Unicornio. Tenía que hacerlas yo, y ya es demasiado tarde. ¿Querrás llevarme en coche al supermercado para que pueda comprarlas, mamá?

–¿Por qué no vas andando? –preguntó Elisabet.

–¡Porque está lloviendo! –replicó Jessica–. Por favor, mamá, *tengo* que llevar galletas. ¡Es mi responsabilidad! Y tú quieres que haga frente a mis responsabilidades, ¿no?

–Oh, está bien, Jess –dijo la señora Wakefield cediendo al fin–. Pero la próxima vez que tengas una responsabilidad, ¿por qué no procuras pensarlo con más tiempo y no cinco minutos antes?

Jessica asintió mientras se dirigía hacia la puerta a toda velocidad.

–Será mejor que nos demos prisa. ¡Lila no me perdonaría nunca si llego tarde a la reunión!

Seguía chispeando cuando Elisabet, la señora Wakefield y Jessica salieron de la tienda, la última feliz con dos bolsos de galletas de chocolate y menta que su madre había comprado. Las tres subieron al coche familiar. La señora Wakefield lo puso en marcha y lo condujo hacia la salida del aparcamiento.

Poco antes de llegar a la señal del stop, un perro se cruzó delante. La señora Wakefield frenó en seco para no atropellarlo y el coche que iba detrás les embistió. El familiar se tambaleó unos instantes.

–Ah-oh –dijo Elisabet.

–¡Nos han dado un porrazo por detrás! –gritó Jessica.

–¿Estáis bien, niñas? –preguntó su madre. Cuando ambas asintieron, dijo–: No creo que sea nada serio. No íbamos deprisa. El coche de atrás circularía demasiado cerca y no ha podido parar.

Se desabrochó el cinturón de seguridad y se apeó para inspeccionar los daños. Elisabet y Jessica la siguieron.

Había únicamente un ligero rasguño en el parachoques del familiar y en el otro coche una pequeña abolladura en el guadabarros de la derecha.

–Oooh, mi cuello –dijo una voz endeble a sus espaldas.

La otra conductora estaba sentada al volante de su coche. Era una anciana de cabellos blancos y su rostro delgado y cubierto de arrugas estaba contraído por el dolor.

La señora Wakefield se acercó a la ventanilla.

–¿Está usted herida? –preguntó preocupada.

–¡Qué pregunta más *ridícula*! –masculló la mujer–. ¡*Claro* que estoy herida! El cuello me duele mucho y todo por su culpa. Se ha parado bruscamente delante de mí.

–Pero tenía que parar –le contestó la señora Wakefield–. Se me ha cruzado un perro. Si usted hubiera conducido un poco más distanciada hubiera podido parar a tiempo.

La mujer parpadeó.

–¡De modo que me echa toda la culpa a mí! –exclamó, y tras cerrar los ojos se dejó caer contra el respaldo del asiento.

La señora Wakefield abrió la puerta del coche.

–Quizá fuese una buena idea llevarla a un dispensario para que un médico le examine el cuello.

–Pero, mamá –protestó Jessica–. ¡Tengo que ir a la reunión!

La mujer abrió los ojos.

–Sí, creo que debe verme un médico. –Se apeó del coche y entregó las llaves a la señora Wakefield–. Aparque mi coche ahí –le indicó–. Haré que lo examine mi agente de seguros que luego la llamará a usted para comunicarle el coste de los daños.

–Maaaa-má –comenzó Jessica mientras tiraba frenéticamente del brazo de su madre–. La reunión...

–Jessica y Elisabet –dijo su madre con calma–, ¿queréis acompañar a esta señora hasta nuestro coche? Señora...

–Señora Harrington –dijo la mujer que se apoyó en Jessica con los ojos cerrados–. Debo ir al dispensario cuanto antes. Seguro que me he hecho mucho daño.

Pero después de que el médico del dispensario examinase a la señora Harrington supieron que no había sufrido ninguna lesión importante.

–Le duele el cuello –le dijo a la señora Wakefield cuando se sentaron en la sala de espera–, pero los rayos equis demuestran que no hay nada roto. Ya le he dicho que el problema es una distención muscular, nada serio, y dentro de un par de días estará bien.

–Oh, bien –exclamó Jessica levantándose de un salto. Había estado muy nerviosa los últimos veinte minutos mientras esperaban el informe del médico. Le disgustaba que la reunión de las Unicornio empezase sin ella–. Eso significa que ya podemos irnos, mamá.

–Aguarda un momento, Jessica –dijo la señora Wakefield que se volvió hacia el médico–. ¿Va a dar de alta a la señora Harrington? ¿Podemos llevarla a su casa?

El doctor frunció el ceño.

–Tengo entendido que vive sola, y puesto que tiene sesenta y cinco años...

Elisabet miró al doctor sorprendida. ¡Ni siquiera era tan mayor como la abuelita Wakefield! ¡Aquella mujer parecía mucho más vieja!

–...y como insiste en que necesita cuidados –continuó el médico–, creo que no sería mala idea mantenerla en observación veinticuatro horas. No es absolutamente necesario, pero no le hará ningún daño. Dejaremos que vuelva a su casa mañana por la tarde.

La señora Wakefield asintió.

—Bien, entonces me parece que, de momento, eso es todo. —Se levantó para estrecharle la mano—. Gracias, doctor.

—Por fin —dijo Jessica mientras salían de la sala de urgencias—. La reunión del Club de las Unicornio hace media hora que ha empezado. Todas deben estar furiosas conmigo.

—Bien —dijo Elisabet contenta—, por lo menos la señora Harrington no se ha hecho daño. Y su coche tiene un pequeño rasguño. Podría haber sido mucho peor.

La señora Wakefield asintió.

—¿Sabéis? —dijo pensativa—. El rostro de la señora Harrington me resulta familiar. Estoy segura de haberla visto antes. Pero no sé dónde.

Jessica hizo sobresalir su labio inferior.

—Oh, mamá, esa frase parece de película. ¡Probablemente no la has visto en tu vida! —Y echando hacia atrás su melena rubia echó a correr hacia el coche bajo la lluvia.

—Probablemente tienes razón, Sara Bernhardt —repuso la señora Wakefield entre risas.

II

El domingo por la mañana seguía lloviendo. Jessica, acurrucada en el sofá del cuarto de estar, fingía estudiar... lo cual significaba mirar una película antigua por televisión, mientras Elisabet ayudaba a su madre a recoger la cocina después del desayuno.

Cuando acabaron de lavar los platos, Elisabet fue hasta la ventana de la cocina para contemplar la persistente lluvia.

–No dejo de pensar en la señora Harrington –dijo–. Debe de estar tan sola. Me pregunto si le gustaría tener compañía.

–Es una idea maravillosa, querida –dijo la señora Wakefield–. ¿Por qué no vamos las dos a verla? –Hizo una pausa–. Sabes, sigo pensando que la he visto antes. Aunque no puedo recordar donde.

–¿Y si le llevara unas flores? –sugirió Elisabet. Miró desde la ventana las marga-

ritas y caléndulas que florecían en el jar-
dín.

–Estoy segura de que a la señora Harrington le encantarán –convino la señora
Wakefield–. ¿Tú crees que Jessica querrá
venir con nosotras?

–¿Ir dónde? –preguntó Jessica que entraba en aquel momento en la cocina para
sacar una gaseosa de la nevera.

–Al hospital, a ver a la señora Harrington –replicó Elisabet.

Jessica hizo una mueca.

–¿Esa vieja cargante? No cuentes conmigo. Lila y las demás ya se enfadaron bas-
tante conmigo por llegar tarde con las galletas, y fue por culpa de la señora
Harrington.

–Bien, entonces iremos mamá y yo
–dijo Elisabet, que sacó el paraguas del ar-
mario y salió a cortar unas flores.

Desde la cama, la señora Harrington
contemplaba el cielo nublado que veía
por la ventana. A pesar de llevar un collarín incómodo, se la veía más descansada y
menos nerviosa que cuando la llevaron al
hospital el día anterior. Ahora, con sus cabellos blancos recogidos en lo alto de la

cabeza, Elisabet pudo ver que tenía un rostro atrayente de pómulos pronunciados, barbilla enérgica y una nariz fina bien modelada. Elisabet adivinó que debía haber sido una mujer muy hermosa.

Los ojos grises de la señora Harrigton se animaron al ver a Elisabet y su madre. Elisabet le entregó el ramillete de margaritas y caléndulas que había puesto en un bonito jarrón amarillo.

–¿Son para mí? –preguntó la señora Harrington oliendo las flores–. Que amables son ustedes. –Sonrió a la señora Wakefield avergonzada–. Sobre todo después de lo mal que me porté ayer tarde. –Suspiró–. Sé que no era para tanto. Debí de ser un buen estorbo, especialmente cuando su hija tenía tanta prisa por llegar a su reunión.

Elisabet estaba sorprendida. No pensaba que la señora Harrington se hubiera dado cuenta de la impaciencia de Jessica.

La señora Wakefield se sentó en una silla al lado de la cama y acarició la mano de la anciana.

–Bueno, fue un acontecimiento algo traumático –dijo en tono consolador–. Celebro que no se lesionara seriamente. Y también que ninguno de los coches sufrieran mayores desperfectos. –Hizo una pausa–. Si usted quiere mi esposo recogerá su coche y lo dejará en su casa.

–¿De veras? –La señora Harrington suspiró agradecida–. Le pido perdón. Le dije a mi agente de seguros por teléfono que el accidente fue culpa mía. No saco el coche muy a menudo y, de todas formas, no soy muy buena conductora. Siempre conducía mi marido, y... –Su voz se apagó con tristeza mientras sus ojos miraban hacia la ventana con expresión ausente.

Elisabet esperaba que la señora Harrington terminara lo que iba a decir de su marido, pero no pronunció ni una palabra más.

–¿Tendrá que llevar mucho tiempo ese collarín? –le preguntó al fin.

La señora Harrington apartó la vista de la ventana.

–Una semana más o menos –replicó. Volvió a oler las flores y luego se las entregó a Elisabet que las puso encima de la mesilla de noche–. Llevar este collarín significa que no podré hacer las tareas del hogar durante unos días. Claro que –añadió– no creo que importe mucho que la casa esté limpia o no. Vivo sola. No hay nadie que se fije en si hay polvo en los muebles o si he pasado la aspiradora a la alfombra. –Exhaló un suspiro triste y profundo.

Elisabet se inclinó hacia adelante llena de compasión. La pobre señora parecía tan sola.

–¿Su familia vive demasiado lejos para venir a visitarla? –le preguntó con simpatía.

Hubo una larga pausa.

–No tengo familia –dijo la señora Harrington al fin con una nota de autocompasión en su voz–. Mi esposo Richard hace ocho años que murió. Trabajábamos juntos y ambos estábamos muy ocupados con nuestras respectivas carreras. Viajábamos mucho, sabes, y nos parecía que no había tiempo para niños en nuestras vidas. –Volvió a hacer otra pausa con los ojos húmedos y tristes–. Ahora desearía tener una familia, pero, naturalmente, es demasiado tarde para pensar en eso.

Elisabet lamentaba haberle preguntado por su familia. Su pregunta sólo había conseguido entristecerla más. Rápidamente intentó cambiar de tema y hablar de algo más alegre, pero la señora Harrington había vuelto la cabeza.

–Estoy muy cansada –dijo con un hilo de voz, reclinándose en la almohada–. Y el cuello me duele terriblemente. Ahora me gustaría descansar, si no les importa.

La señora Wakefield se puso en pie.

–No faltaría más –dijo–. Si hay algo que podamos hacer para ayudarla cuando vuelva a su casa, espero que nos lo diga.

–*Nadie* puede hacer nada –contestó la anciana con tristeza. Ni siquiera se volvió a mirarlas cuando abandonaron la habitación.

Cuando la señora Wakefield y Elisabet llegaron a su casa, Jessica corrió a la cocina para saludarlas.

–¿A que no adivináis lo que he descubierto hoy? –exclamó mientras se balanceaba sobre las puntas de los pies–. ¡No lo adivinaríais ni en un millón de años!

–Han llamado desde Hollywood para ofrecerte un contrato para dos películas –dijo la señora Wakefield.

Jessica puso los ojos en blanco.

–Muy gracioso, mamá. –Sonrió–. Aunque en realidad tiene que ver con una estrella famosa. De modo que caliente, caliente. Prueba otra vez.

–¿Ha llamado Johnny Buck para pedirte una cita? –dijo Elisabet. Johnny Buck era el astro del rock preferido por Jessica.

Jessica dirigió a su gemela una mirada aplastante. Pero estaba tan excitada por su descubrimiento que no iba a molestarse en enfadarse con nadie.

–¡Ya sé *quién es en realidad* la señora Harrington!

Elisabet y su madre la miraron fijamente.

–¿Ah sí? –dijo Elisabet–. ¡Bueno, dinos quién es!

–Sí –intervino la señora Wakefield–. Desde ayer estoy tratando de averiguarlo.

–Venid –ordenó Jessica mientras agarraba a su madre de la mano para llevarla al cuarto de estar–. Haré algo mejor que eso. ¡Os lo demostraré!

Riendo, la señora Wakefield se dejó llevar mientras Elisabet las seguía meneando la cabeza.

–Ahí la tenéis –exclamó Jessica que señaló la televisión en cuanto entraron–. ¡Esa es la señora Harrington!

Elisabet contempló la película antigua

en blanco y negro que daban en la televisión. El rostro de la estrella de cine que la miraba no era el de una anciana delgada y llena de arrugas que acababan de dejar en el hospital, sino la cara expresiva y alegre de una mujer hermosa y joven... una mujer de pómulos pronunciados, mandíbula enérgica, nariz fina y una sonrisa radiante.

La señora Wakefield contuvo la respiración.

–¡De modo que ahí era donde yo la había visto! –exclamó–. ¡En las películas! ¡No me extraña que tuviera la impresión de conocerla! *Vientos del Edén* era mi película favorita.

–¡Eso es! –declaró Jessica triunfante–. ¡La anciana señora Harrington es en realidad Dolores Dufay, la maravillosa estrella del teatro y del cine!

III

–No puedo creerlo –decía Jessica como en éxtasis. Las gemelas estaban sentadas en la mesa de la cocina con su madre, tomando chocolate caliente con galletas–. Una estrella famosa de cine aquí en Sweet Valley.

La señora Wakefield sirvió a las niñas otra taza de chocolate y llevó la chocolatera al fregadero.

–Pero Dolores Dufay no sólo era bonita y famosa –dijo al volver a sentarse–, sino además muy buena actriz. Ella y su esposo, Richard Harrington, formaban una pareja de actores durante los años cuarenta y cincuenta. Que yo recuerde, empezaron en Nueva York, en Broadway. Luego, más tarde, fueron los protagonistas de dos importantes películas de Hollywood. Escalaron el estrellato muy deprisa, pero eran aún más conocidos por la calidad de su trabajo. –Cogió una galleta y la mordió–. En realidad, creo que Richard Harrington incluso fue nominado para un Oscar de la Academia una vez.

Jessica se quedó con la boca abierta.

–¡Uau! ¡Un Oscar de la Academia!

La señora Wakefield asentía.

–Al hacerse mayores, se dedicaron a hacer papeles más secundarios. Pero hicieran lo que hicieran, su trabajo fue siempre excelente.

–Estoy impaciente por ver una de sus películas más recientes –dijo Jessica–. ¿Qué ha hecho últimamente?

La señora Wakefield meneaba la cabeza.

–¿Sabéis? Eso es lo raro –dijo–. No recuerdo haberla visto en ninguna película desde hace varios años. Desapareció del mapa.

–Pero si la señora Harrington era una actriz tan maravillosa, ¿cómo no sigue actuando? –preguntó Elisabet extrañada.

–Tal vez sea demasiado vieja –sugirió Jessica.

La señora Wakefield sonreía.

–No, querida. No creo que sea demasiado vieja para actuar. –Se inclinó hacia

26

adelante y tocó la punta de la nariz de Jessica con su dedo con gesto juguetón–. Ni demasiado joven para empezar.

Jessica no dijo nada. Daba vueltas entre sus manos a la taza de chocolate mientras miraba por la ventana con expresió ausente.

Elisabet miraba a su gemela. Cuando Jessica tenía aquella expresión significaba que estaba trazando un plan. Elisabet era totalmente fiel a su gemela y siempre la respaldaba, pasara lo que pasase. Pero incluso ella tenía que admitir que a Jessica se le ocurrían con frecuencias planes descabellados. ¿Cuál sería esta vez? ¿Formaría parte de su plan la famosa Dolores Dufay?

A la mañana siguiente, cuando las gemelas llegaron a la escuela, Elisabet esperaba que Jessica contase a sus amigas su fabuloso descubrimiento... sobre todo a las Unicornio. Y le sorprendió que Jessica no dijera ni una palabra de la anciana ni de la hermosa artista de cine.

Por el contrario, Jessica escuchó cuando todas rodearon a Amy Sutton y Belinda Layton, dos amigas de Elisabet.

—Elisabet —exclamó Amy excitada—. Ya verás cuando te enseñemos el gatito que Belinda y yo encontramos este fin de semana. ¡Es monísimo!

—Es negro y blanco. Lo encontramos en el solar cercano al campo de la Liga Infantil —continuó Belinda.

Jessica arrugó la nariz.

—¿Qué tiene de particular un gato descarriado? —preguntó—. Probablemente estará esquelético y lleno de pulgas.

—*No* tiene pulgas —protestó Belinda—. Es muy limpio. —Hizo una pausa—. Y está delgado porque apenas ha comido últimamente.

—Aunque en realidad tenemos un problema —dijo Amy—. Ninguna de nosotras podemos llevarlo a nuestra casa. Mi madre es alérgica a los gatos y la de Belinda no quiere tener un gato en casa ahora con el nuevo bebé. De manera que el gatito vive debajo de unas tablas junto a la valla y está muy asustado. Hemos intentado hacerle comer, pero le da miedo acercarse a nosotras.

—Lo que necesitáis es hígado —dijo Ken Matthews.

—¡Hígado! ¡Qué asco! —gritó Jessica.

–¿Por qué hígado? –preguntó Amy a Ken.

Ken hacía poco que tenía un perro y sabía mucho del cuidado de los animales.

–A los gatos les encanta el hígado –explicó.

–Bueno, podemos intentarlo –dijo Belinda–. Compremos hígado en el supermercado de Sweet Valley y al terminar las clases lo llevaremos al solar.

–De acuerdo. Si cada una pone veinte centavos –calculó Amy–, seguramente será suficiente. –Se volvió a Elisabet–. ¿Quieres venir con nosotras, Elisabet? Tienes que ver ese gatito.

Elisabet iba a decir que sí cuando Jessica la detuvo.

–Hoy Elisabet no puede ir a ninguna parte al terminar las clases –dijo con firmeza.

Elisabet miraba a Jessica con recelo.

–¿No puedo? –Si el gran plan de Jessica tenía que ver con Dolores Dufay, estaba dispuesta a decir que no–. ¿Por qué no?

–Porque tú y yo hemos de hacer algo importante –repuso Jessica con aire de misterio.

Las otras hablaban muy excitadas del gatito y Elisabet se acercó más a su gemela.

–Jessica, si piensas utilizar a esa pobre señora Harrington para...

–¿*Utilizar* a la señora Harrington? –Jessica la interrumpió. Parecía ofendida–. ¿Quién dice que vaya a *utilizarla*? Pensaba hacer algo por ella, nada más. La verdad es que me gustaría conocerla. ¿Tú no? –Miró a Elisabet con los ojos muy abiertos y expresión inocente.

–¿Hacer algo por ella? –preguntó Elisabet. Aquello era impropio de su hermana–. ¿Qué se te ha ocurrido?

–Pues, por ejemplo, llevarle té a su casa para animarla. Podríamos pasar por el establecimiento de alimentos selectos de la avenida Canyon camino de su casa. Tenemos el dinero de nuestra asignación.

–Pero nosotras no sabemos donde vive la señora Harrington –objetó Elisabet.

–Sí que lo sabemos –repuso Jessica con calma–. Mamá me ha dado su dirección. Papá y ella llevaron el coche de la señora Harrington a su casa, ¿recuerdas? En realidad vive a medio kilómetro de distancia. Podemos ir andando.

—¿Estás *segura* de que lo único que quieres es conocerla?

—Sí, Lisa, lo prometo. Quiero que me hable de sus aventuras en Hollywood. Nada más.

Elisabet suspiró. No podía evitar la sospecha de que Jessica tendría algún otro motivo para visitar a la famosa actriz. Pero tuvo que admitir que también ella sentía curiosidad por conocer la vida de la señora Harrington en Hollywood. Y *sería* un gesto simpático llevarle un poco de té.

—¿Estás segura de que ésta es la calle? —preguntó Jessica indecisa mientras miraba las casas de ambos lados, caminando al lado de Elisabet—. No se parece en nada a lo que yo había imaginado. Ella esperaba ver grandes casas rodeadas de suntuosos jardines y césped, con coches deportivos de mucho precio aparcados delante. Y lo que veía eran dos hileras de casas completamente anodinas... pequeñas, modestas, con niños que jugaban en el patio... y coches vulgares aparcados en las entradas.

—Quizás haya apuntado mal la dirección —dijo Jessica que casi deseaba haberse equivocado.

–Quizá –dijo Elisabet, cambiando de mano la bolsa del té–. Pero ya casi hemos llegado. Comprobémoslo para estar seguras.

–Ahí está –dijo Jessica que señaló una casa pequeña pintada de verde al final de la manzana.

La casa era incluso más pequeña que las otras de la misma calle y peor cuidada. El césped necesitaba un buen corte, los arbustos daban la impresión de no haber sido podados hacía meses y el cristal de una ventana estaba roto.

Elisabet hizo sonar el timbre. Jessica, detrás de ella, comprobaba si su libro de autógrafos seguía en su bolsa. Jessica no le había dicho a su hermana que lo llevaba, pero no estaba dispuesta a desperdiciar esta maravillosa ocasión de conseguir que firmase en él una auténtica estrella de cine. La cara que pondrían Lila Fowler y Ellen Riteman cuando les dijera que conocía a Dolores Dufay y les enseñara su autógrafo.

Al fin, la señora Harrington abrió la puerta interrumpiendo los sueños de Jessica. No parecía muy complacida al verlas. Y desde luego no recordaba en nada a la famosa estrella de cine. De hecho, Jessica pensó que parecía una mujer vieja y cansada que había pasado la tarde llorando. Tenía los ojos hinchados y enrojecidos y las arrugas que se marcaban entre sus cejas parecían más profundas de lo que Jessica recordaba. El collarín que rodeaba su cuello hacía que sus movimientos resultasen envarados y torpes.

–Sí, claro que te recuerdo, Elisabet –decía la señora Harrington–. Pero hoy no estoy de humor para visitas. ¿No podríais volver otro día?

–Pero es que le hemos comprado una cosa –dijo Jessica, adelantándose con su mejor sonrisa–. ¿Nos deja entrar un momentito? Le prometemos no quedarnos mucho rato.

–Pero yo no creo... –comenzó la señora Harrington.

–¿Por favor? –suplicó Jessica.

La señora Harrington la miró.

–Bueno –dijo despacio–, puesto que habéis venido hasta aquí, supongo que no importará si... –Abrió la puerta de mala gana–. Pasad, pero sólo un minuto.

Jessica entró en seguida, pero una vez en el interior no pudo evitar un grito de sorpresa ¡La casa de la señora Harrington estaba toda patas arriba! Los muebles volcados, los cajones fuera de los armarios y las lámparas tiradas por el suelo. Libros y periódicos esparcidos por todas partes y la ropa en montones desordenados.

Detrás de Jessica, Elisabet también contuvo la respiración.

–*¿Qué ha ocurrido?* –exclamó.

La señora Harrington exhaló un profundo suspiro.

–Mientras estaba en el hospital alguien entró en mi casa para robar. –Señaló aquel desorden–. Así lo dejaron. Todavía no he tenido fuerzas para limpiarlo.

IV

–Es *terrible* –dijo Jessica compadecida al ver la cocina. Los cajones estaban fuera de su sitio y las sillas volcadas. En medio del suelo había un montón de platos rotos–. Debe usted estar destrozada.

La señora Harrington puso a calentar agua para hacer té. Se volvió con los hombros abatidos.

–Sí –dijo. Y tras levantar una de las sillas, se sentó en ella–. Fue un golpe terrible entrar aquí y ver cómo estaba todo.

–¿Ha llamado a la policía? –preguntó Elisabet que también puso derecha una silla para sentarse.

La señora Harrington asintió.

–Ya estuvieron aquí. Tomaron huellas dactilares y me pidieron que hiciera una lista de las cosas desaparecidas. Pero aparte de algunas joyas antiguas que pertenecieron a la madre de mi esposo, ni siquiera sé con seguridad lo que se han llevado. –Miró a su alrededor con desaliento–. Con este collarín en el cuello es probable que tarde semanas en volver a poner cada cosa en su sitio. Y no sabré lo que falta hasta tenerlo todo en orden. –Parecía que iba a echarse a llorar.

Jessica fue en busca de una escoba que estaba apoyada detrás de la puerta y empezó a barrer. Su libro de autógrafos seguía en su bolsa, pero, dadas las circunstancias, no creyó oportuno pedir a la señora Harrington que se lo firmara.

La señora Harrington recogió un pañuelo de papel.

–No tienes por qué hacerlo, Jessica –le dijo mientras se sonaba.

–Pero quiero hacerlo –protestó Jessica arrojando los pedazos al cubo de la basura. Lo mismo daba que la anciana fuese una actriz famosa o una persona corriente. El caso es que necesitaba ayuda.

Elisabet dirigió a su hermana una mirada llena de asombro pero al mismo tiempo de satisfacción.

–Jessica tiene razón –dijo–. Con mucho gusto la ayudaremos a poner en orden su casa.

36

La cafetera empezó a silbar y Jessica vertió el agua hirviendo en la tetera donde había puesto parte del té de arándano que habían comprado. Mientras reposaba el té, las niñas barrieron y limpiaron la cocina, y colocaron cada cosa en su sitio bajo la dirección de la señora Harrington. Hicieron una pausa para tomar una taza de té dulce y humeante, y luego fueron a la sala de estar para seguir limpiando.

–Una no sabe por donde empezar –dijo la señora Harrington, mirando a su alrededor. Parecía como si fuese a darse por vencida–. ¡Está todo tan revuelto y yo tan cansada!

–Por qué no empiezo yo por esta esquina y Elisabet por la otra –sugirió Jessica–. Usted siéntese en el sofá y nos dice lo que hemos de hacer.

Las gemelas trabajaron un rato mientras la señora Harrington descansaba. Jessica la miró de reojo.

Sentada en el sofá con la cara surcada por el rictus del cansancio e incómoda por el collarín, la señora Harrington no se parecía en nada a la actriz de *Vientos del Edén*.

Jessica limpiaba debajo de una mesa

cuando vio una fotografía grande boca abajo. Llena de curiosidad la cogió para limpiarle el polvo. Era un retrato de Dolores Dufay en todo el esplendor de su belleza. Llevaba un rutilante vestido de noche y una boa de plumas alrededor del cuello. A su lado, con la rodilla en tierra, estaba un hombre moreno y atractivo de ojos oscuros y penetrantes.

Jessica se volvió con el marco entre las manos.

–¡Usted *es* Dolores Dufay! –exclamó excitada–. ¡Elisabet, teníamos razón!

Por un momento la señora Harrington se quedó mirando a Jessica. Luego sus ojos se llenaron de lágrimas y, tras levantarse del sofá, se dirigió derecha a la cocina.

–Buena la has hecho, Jessica –dijo Elisabet.

Jessica sentía remordimientos y fue tras la señora Harrington.

–Perdone, señora Harrington –dijo–. No era mi intención disgustarla. Estaba tan emocionada que... bueno, que no pensé, eso es.

La señora Harrington sentada a la mesa se secaba los ojos.

—No importa, Jessica —dijo con tristeza—. Creo que me he excedido un poco. Es que me resulta tan doloroso que me recuerden lo que ya es el pasado.

Elisabet entró también en la cocina y sirvió otra taza de té a cada una.

—Hace años, mi esposo y yo éramos una pareja famosa. Y además con mucho éxito —añadió la señora Harrington—. Nos iba muy bien, pero como podéis ver ahora no tengo gran cosa.

Jessica se mordió un extremo del labio.

—Pero eso nadie lo sabe —dijo—. Si la gente descubre quien es usted pensarán que tiene muchas joyas.

La señora Harrington asintió.

—Eso siempre me ha dado miedo. La gente no comprende que no todas las estrellas de cine ganan montañas de dinero. Creen que por el sólo hecho de aparecer en las películas tienen que ser ricas.

Jessica se ruborizó. Era exactamente lo que ella había pensado.

—¿Por qué dejó de actuar? —preguntó para cambiar de tema.

La señora Harrington sorbió su té.

—Mi esposo y yo trabajábamos siempre

juntos. Pero él era mucho mejor que yo y yo jamás me sentí una verdadera actriz por derecho propio. *Vientos del Edén* fue nuestra mejor película. Después de la muerte de mi esposo, hace ocho años, se acabó la pareja y, con ella, mi carrera. Desde entonces no he vuelto a actuar.

La señora Harrington se puso en pie para poner fin a la visita.

–Gracias por venir, niñas. Y por el té. Sois muy amables.

Jessica no sabía si sacar su libro de autógrafos, pero por alguna razón, no fue capaz. No lo creyó oportuno. En vez de eso dijo:

–Nos gustaría volver mañana para ayudarla un poco más, si no tiene inconveniente.

La señora Harrington pareció sorprendida y Elisabet todavía más.

–¿Estáis seguras de querer ayudarme? –les preguntó la anciana–. Me temo que aún queda mucho por hacer.

–Jessica tiene razón. Queremos ayudarla –dijo Elisabet.

–Entonces venid, por favor –replicó la señora Harrington–. Me encantará que vengáis.

Y por primera vez desde que se habían conocido, la anciana sonrió y Jessica reconoció la famosa sonrisa de Dolores Dufay, la actriz.

Las tres tardes siguientes, Jessica y Elisabet volvieron a casa de la señora Harrington al terminar las clases para ayudarla. Barrieron, quitaron el polvo y colocaron las cosas en los correspondientes cajones y armarios. Mientras trabajaban, charlaron. Algunas veces Jessica conseguía que la señora Harrington hablase de su esposo, al que, era evidente, había adorado. Y otras, hablaba un poquitín de sus sentimientos como actriz. Le encantó saber que a Jessica le interesaba el teatro, pero no quiso contestar a ninguna de sus preguntas sobre Hollywood y su glorioso pasado. Dijo que parecía como si aquello hubiese ocurrido un millón de años atrás. Para las gemelas quedó bien claro que, al morir Richard Harrington, también acabó parte de la vida de Dolores Dufay. Tenía muy pocas amistades y apenas salía. Jessica tenía que encontrar la manera de ayudarla.

—Sabes una cosa, Jess —le decía su hermana la tarde del miércoles, cuando volvían a casa–, creo que a la señora Harrington le gustas de verdad.

–Bien. A mí también me gusta ella. Quiero decir que es una persona estupenda, aparte de haber sido una actriz famosa.

–Tengo que confesar que no confiaba en los motivos que te impulsaron a visitarla la primera vez –admitió Elisabet–. Me imaginé que irías detrás de su autógrafo o algo parecido.

Jessica enrojeció.

–¿Ah, sí? –contestó con una risita–. Bueno, supongo que te engañé, ¿no?

El viernes, al acabar las clases, Elisabet quiso ver el gatito de Amy y Belinda mientras Jessica iba sola a visitar a la señora Harrington.

A última hora de la tarde, Elisabet, al llegar a casa, encontró a su madre en el cuarto de estar hojeando un montón de revistas de decoración.

Elisabet se sentó en el sofá para pensar la manera de preguntar a su madre lo que había estado dando vueltas en su cabeza todo el día. Al fin lo soltó.

–Mamá –dijo–, ¿podríamos tener un gato?

–No sabía que querías tener un gato, cariño –repuso la señora Wakefield levantando los ojos de la revista.

–Bueno, éste es un gato especial –explicó Elisabet–. Casi todo él es negro, excepto los extremos de las dos patas delanteras, una mancha debajo del cuello y la punta del rabo que son blancos.

–Debe de ser un gato muy bonito –dijo la señora Wakefield–. ¿Por qué dices que es tan especial?

–Ha estado viviendo en el solar que hay al lado del campo de la Liga Infantil –replicó Elisabet–. Lo encontraron Amy y Belinda, y lo han estado alimentando porque estaba muy flaco. Es muy mono, mamá, y necesita una casa.

–Pero si lo encontró Amy, ¿por qué no se lo lleva a la suya?

–Le encantaría, pero su madre tiene alergia a los gatos.

–Bueno, entonces, ¿por qué no se lo queda Belinda?

–A la madre de Belinda no le parece que sea buena idea por su hermanito recién nacido. Y Ken no puede quedárselo porque tiene un perro. –Elisabet miró suplicante a su madre–. ¿Por favor, mamá? Yo lo cuidaré.

La señora Wakefield reflexionó unos instantes.

–Bueno, a mí me gustan los gatos. Y tener uno cerca será agradable, mientras tú asumas toda la responsabilidad.

–Lo haré –prometió Elisabet quien, tras ponerse en pie, le echó los brazos al cuello–. ¡Gracias, mamá! Mañana por la tarde, después del partido que juega Belinda, lo traeré a casa.

–Muy bien, querida. Pero recuerda que necesitarás comprarle comida y una caja con serrín. Y tendremos que llevarlo al veterinario para estar seguros de que goza de buena salud. Cuento contigo, Elisabet. Quizá Jessica quiera ayudarte también –dijo la señora Wakefield que consultó su reloj–. A propósito: ¿sabes tú dónde está? Casi es hora de cenar.

–Probablemente ya estará de regreso de casa de la señora Harrington –dijo Elisabet–. Jess la visitó hoy al terminar las clases.

En aquel momento llegó Jessica corriendo.

—¡Lisa, necesito hablar contigo ahora mismo! —exclamó sin resuello.

—¿Pasa algo malo? ¿Qué es, Jess?

—¡Tenemos que hacer algo! ¡La señora Harrington está prácticamente destrozada!

—Pero yo creía que se encontraba mucho mejor —dijo Elisabet.

—Así era... hasta que descubrió que había desaparecido el álbum de recortes. Los ladrones debieron llevárselo.

—¿Su álbum de recortes?

Jessica asintió.

—Iba a enseñármelo, pero cuando lo buscó había desaparecido. Creo que siente más haber perdido el álbum con todas las fotos y recortes de periódico que haberse quedado sin sus joyas.

Elisabet comprendía los sentimientos de la señora Harrington.

—Pero no veo qué podemos hacer nosotras.

—¡Tenemos que encontrarlo! —exclamó Jessica—. Mañana por la mañana iremos a la policía y hablaremos con el comisario Carey. ¿Lo recuerdas? Es el que vino a nuestra clase el mes pasado para hablarnos de seguridad ciudadana. Quizá pueda darnos alguna idea de dónde podemos empezar a buscar.

–Sabes, Jessica –dijo Elisabet pensativa–, por una vez se te ha ocurrido un plan que no va a traernos complicaciones. Haré todo lo que pueda por ayudarte a buscar el álbum de recortes de la señora Harrington.

V

El comisario Carey levantó la vista de los papeles que tenía encima de su escritorio.

–De modo que queréis ayudar a la señora Harrington. –Se acercó a un fichero y comenzó a ojear informes–. Algunas joyas, retratos, libros, un álbum de recortes... Veo que no se llevaron cosas de mucho valor.

–Pero el álbum de recortes sí tiene valor –protestó Jessica inclinándose hacia adelante–. ¡Es el mejor recuerdo de toda su carrera artística! *¡Tenemos que encontrarlo!*

El comisario Carey asintió comprensivamente.

–Estoy seguro de que para ella tiene mucho valor –dijo–. Pero no para un ladrón. En un robo como éste, el ladrón vende lo que puede y lo demás lo tira. –Se encogió de hombros–. Un viejo álbum de recortes... ¿quién sabe dónde puede acabar?

–¿Qué me dice de las tiendas de objetos de segunda mano? –preguntó Elisabet–. ¿O de los anticuarios?

–Podéis intentarlo –dijo el policía sin gran convencimiento–. Pero si queréis saber mi opinión, perderéis completamente el tiempo.

Jessica se levantó decidida.

–A pesar de todo lo intentaremos –declaró–. Tenemos que ayudar a la señora Harrington.

Las gemelas pasaron la mañana registrando todas las tiendas de objetos de segunda mano y de antigüedades de Sweet Valley. Hablaron con los propietarios y examinaron cada centímetro de sus tiendas.

Incluso fueron a una galería de arte de la localidad que a menudo exhibía fotografías antiguas, pero el dueño no había visto ningún álbum de aquellas características. Nadie lo había visto y, a media tarde, las niñas se vieron obligadas a admitir que el álbum no estaba en ninguna de las tiendas de Sweet Valley.

Camino de casa, se detuvieron en el supermercado para que Elisabet pudiera comprar comida para el gatito. Cuando salían, Elisabet dijo:

–Siento de veras que no hayamos encontrado el álbum de recortes, Jess. Pero lo hemos intentado. Apuesto a que el ladrón ya lo habrá tirado.

–No lo creo –replicó Jessica que meneaba la cabeza con testarudez–. Yo creo que aparecerá *en alguna parte*. Tenemos que seguir buscando. Pensemos otros lugares donde mirar.

–Bueno –dijo Elisabet tras consultar su reloj–. Esta tarde ya no puedo buscar más. Le prometí a Amy y a Belinda que iría a buscar el gato para llevarlo a nuestra casa. ¿Quieres venir?

Jessica meneó la cabeza.

–No, no me apetece.

Elisabet se despidió para ir al campo de la Liga Infantil de béisbol. El partido acababa de terminar y se abrió paso entre la multitud para acercarse al banquillo de los Rangers donde estaba Belinda.

–¿Qué tal el partido? –preguntó.

–Muy igualado, pero ganamos –contestó Belinda.

–¡Debiste ver cómo ha lanzado Belinda! –exclamó Amy con admiración–. ¡Ha sido la estrella del partido!

–¿Estáis preparadas para recoger el gatito? –preguntó Belinda, cambiando de tema. Parecía un poco triste–. Ojalá mamá me dejase *tenerlo* en casa.

–A mí también me gustaría –dijo Amy–. Pero me alegro de que la mamá de Elisabet acepte tenerlo.

–Siempre que queráis jugar con él podéis venir a mi casa –ofreció Elisabet.

El rostro de Belinda se iluminó.

–Vamos a buscarlo –dijo con ansiedad al echar a andar hacia el solar. Las otras la siguieron.

El gatito estaba ansioso por verlas. Levantó las orejas, se lamió los bigotes y las miraba con sus grandes ojos verdes como si esperase que le diesen de comer.

Elisabet lo cogió en brazos para acunarlo mientras escuchaba su profundo ronroneo.

–¡Vamos –le dijo contenta–, te vienes a casa conmigo!

–Necesita un nombre –dijo Amy mientras se dirigían a la casa de los Wakefield.

–Tengo una idea –anunció Elisabet–.

Pensemos nombres y luego elegiremos el mejor.

–Me parece bien –convino Belinda que miraba al gatito acurrucado en brazos de Elisabet–. Con todas esas manchas blancas podríamos llamarlo Remiendos.

Mientras las niñas iban hacia la casa, propusieron varios nombres: Mimoso, Kitty, Encanto.

Cuando llegaron a la casa de los Wakefield, Elisabet le dio al gatito un tazón de leche.

El gato la engulló rápidamente y se relamió todas las gotitas que tenía en la barbilla. Luego recorrió todas las habitaciones para explorar la casa. Aún no sabía saltar muy alto, pero consiguió subirse a una silla del comedor y de allí a la mesa donde volcó un cuenco lleno de nueces. Después corrió al cuarto de estar y luego de meterse en el cesto de costura de la señora Wakefield empezó a tirar todos los carretes de hilo.

Elisabet, Belinda y Amy iban detrás de él para poner las cosas otra vez en su sitio.

–Este gato –observó Amy mientras recogía unos papeles que el animal había es-

parcido por el suelo– es un picarón redo-
mado. –Sonrió–. Tal vez sea una suerte
que mi madre tenga alergia a los gatos.

–¡Vaya, Amy, ya está! –exclamó Elisabet–. *¡Picarón!* Es un nombre perfecto
para el gatito.

Amy y Belinda estuvieron de acuerdo
en que era un nombre muy acertado, pero
antes de que pudieran estrenarlo, el animal se quedó dormido en el sofá con el
rabo enroscado debajo del hocico.

Más entrada la tarde Elisabet dio a Picarón otro bol de leche mientras Jessica,
sentada en la mesa de la cocina, hojeaba la
guía telefónica de Sweet Valley.

Jessica deseaba asegurarse de no haber
pasado por alto ningún sitio donde poder
buscar el álbum de recortes de la señora
Harrington.

–Sabes, Elisabet –dijo–, quizás hayamos equivocado el camino.

Elisabet que había cogido una manzana de la nevera se sentó a la mesa.

–¿El camino equivocado hacia dónde?
–preguntó.

–Hacia el problema de la señora Harrington.

52

–Pero si esta mañana hemos mirado en todos los sitios en los que se nos ha ocurrido que pudiera estar –replicó Elisabet–, y no lo hemos encontrado en ninguna parte. –Miró la guía telefónica–. ¿No has encontrado otros lugares donde buscar, verdad?

Jessica cerró la guía de golpe.

–No –dijo ceñuda–. Pero quizá deberíamos dejar de pensar de momento en el álbum y sí, en cambio, buscar el medio de animarla.

Elisabet ladeó la cabeza para pensar.

–Sí, podríamos intentarlo –dijo–. ¿Tienes alguna idea?

–Ése es el problema –replicó Jessica con pesimismo–. He pensado un montón de cosas, pero siempre hay una razón para que no den resultado. –Comenzó a enumerarlas con los dedos–. Podríamos llevarla al teatro, pero no le gusta salir de noche; quizá sólo conseguiríamos que se compadeciera más de sí misma. Podríamos presentarle a otras personas de su edad, pero no conocemos a ninguna. Podríamos ayudarla a que encontrase una afición, pero no le gusta coser, ni guisar, ni hacer crucigramas. –Suspiró.

Elisabet asentía.

–Sé lo que quieres decir, Jess. Parece como si fuera un problema sin solución.

–¿Qué clase de problema? –preguntó Steven Wakefield que entraba en aquel momento para ir derecho a la nevera–. *Ningún* problema es demasiado grave para Steven el Grande. ¿Qué me dais si os lo resuelvo?

Steven tenía catorce años, dos más que las gemelas, y estaba convencido de que era superior a ellas en todos los sentidos. Era una actitud que irritaba a Jessica. En su opinión, su hermano era una absoluta nulidad.

Jessica le sacó la lengua.

–¿Steven el Grande? No me hagas reír. ¿No habrás querido decir más bien Steven el Inútil?

–Quizá sea mejor que le hablemos de nuestro problema, Jess. Nunca se sabe. Es posible que a Steven se le ocurra alguna idea.

–¡Lo dudo! –gruñó Jessica.

Steven sacó del frigorífico un plato con filetes de pavo, un panecillo, un cogollo de lechuga y un tarro de mayonesa.

–El problema es que tenemos una amiga ya anciana que vive sola –explicó

Elisabet–. Necesita algo que la distraiga y la mantenga ocupada.

Steven se preparó rápidamente un bocadillo de pavo, luego le dio un bocado y dijo con la boca llena:

–Bueno, es bien sencillo. Regaladle un perro.

Jessica hizo una mueca como de repugnancia.

–¡Uf! ¡Aborrezco los perros!

–Pero a vuestra amiga puede que le gusten. Míralo de este modo –dijo Steven confidencialmente mientras se lamía la mayonesa que tenía en el dedo pulgar–: Un perro no sólo le hará compañía sino que además la protegerá. Con un perro no tendrá que preocuparse por si entra alguien en su casa.

A Jessica le costaba admitir que su hermano tuviera más cerebro que un mosquito, pero en este caso su idea no era tan mala.

–Tendrá que sacarlo a pasear –le dijo a Elisabet–. Lo cual significa que tendrá que salir y hacer ejercicio. Y si el perro es cariñoso puede que sea el medio de hacer amistades. –Miró a Steven con el ceño fruncido–. ¿Pero de dónde sacaríamos el

perro? Nosotras no tenemos dinero suficiente para comprarlo.

–Vaya, hoy es vuestro día de suerte
–dijo Steven que dio otro buen mordisco a
su bocadillo–. Da la casualidad que mi
amigo Joe Oppenheimer tiene varios ca-
chorros de pastor alemán para regalar.
Todo lo que tenéis que hacer es ir allí mañana y elegir uno.

Jessica se volvió a Elisabet.

–¿Qué te parece, Lisa? –le preguntó
con interés.

–Pues la verdad es que no estoy muy
segura de que a la señora Harrington...

Pero Jessica no la dejó terminar.

–¡Ya sé! –exclamó–. Podríamos pedir a
Ken que fuese con nosotras a casa de Joe
Oppenheimer para que nos ayude a elegir
el cachorro. Él entiende más que nosotras
de perros.

–Pero no crees que debíamos preguntar... –Elisabet lo intentó de nuevo.

Jessica se levantó de un salto.

–Steven, siento en el alma decir esto,
pero de vez en cuando... quizás en un millón de años... se te ocurre alguna idea po-
table. Gracias.

Steven sacó una botella de leche de la

nevera y llenó un vaso alto. Luego puso en un plato un montón de galletas de chocolate y se dirigió a la puerta.

–Ya os lo dije. Podéis llamarme Steven el Grande –dijo con presunción.

–Si continúas comiendo así –replicó Jessica–, tendremos que llamarte Steven el Gordo.

VI

–Ése –dijo Jessica, señalando un cachorro robusto y lleno de vida–. Ése para la señora Harrington.

–Pero yo creo que éste le iría mejor –dijo Ken que señaló a un perrito más pequeño y más tranquilo–. Me parece más apropiado.

–Pero éste tiene más energía –objetó Jessica, y luego se dirigió a Elisabet–. ¿No te parece que éste es perfecto, Lisa?

Elisabet se encogió de hombros.

–Si ése es el que tú prefieres, Jess... –Ella no creía que a la señora Harrington le gustase ninguno. Todos ladraban y se perseguían unos a otros.

–Bien –Jessica asentía satisfecha–. Ése es el que nos llevaremos.

Joe Oppenheimer cogió el perro e iba a entregárselo a Jessica, pero ella se echó hacia atrás con un grito.

–¡Yo no puedo llevarlo! –dijo–. ¡Me babeará toda la blusa! Elisabet, llévalo tú. A ti te gustan los perros.

Elisabet se reía.

–No tendrás que llevarlo en brazos, Jess. Le pondremos un collar y una correa.

Las dos chicas le dieron las gracias a Joe y se despidieron de Ken en la esquina. Luego se dirigieron a la casa de la señora Harrington.

Al llegar allí, Jessica llamó a la puerta mientras Elisabet permanecía detrás sujetando la correa. El cachorro enroscó la correa un par de veces alrededor de los tobillos de Elisabet y luego la miró con asombro, como si se extrañase de que no pudiera moverse. Elisabet se rió y luego lo cogió en brazos.

–¡Vaya, hola, Jessica! –exclamó la señora Harrington al abrir la puerta–. Y Elisabet, también. No os esperaba hoy. ¡Qué sorpresa más maravillosa!

–Y le hemos traído otra sorpresa –dijo Jessica–. Un perro.

–¿Un perro? ¿Para mí?

A Elisabet le pareció que la señora Harrington no estaba precisamente demasiado contenta. Se adelantó para dejar el cachorro en el suelo, pero antes de que pudiera soltarle la correa salió disparado recorriendo toda la casa.

–¡Vuelve aquí! –gritaba la señora Harrington.

–¡Perro, vuelve aquí! –gritaba Jessica que se volvió a Elisabet–. Cógelo, Lisa.

Elisabet persiguió al cachorro que entró corriendo en la sala de estar, arrastrando la correa y ladrando con toda la fuerza de sus pulmones caninos. Tras subirse al sofá empezó a lanzar almohadones a diestro y siniestro.

–¡Cógelo, Elisabet! –le apremió Jessica–. ¡Deprisa! ¡Lo está revolviendo todo!

–¿Está educado? –preguntó la señora Harrington preocupada.

–No lo sé –contestó Elisabet sin aliento. Quiso agarrar la correa, pero se le escapó. El perrito saltó del sofá y de milagro no tiró una lámpara.

Al momento salieron de dudas. El cachorro *no* estaba educado.

–Bueno –dijo Jessica mientras contemplaba cómo Elisabet limpiaba el charquito con unas servilletas de papel–, menos mal que no ha mojado la alfombra.

Fuera, en el porche, el perro lanzó unos cuantos ladridos de indignación. No le gustaba que le dejaran atado a la baranda.

–Gracias a Dios que no me ha estropeado la alfombra –dijo la señora Harrington cruzándose de brazos–. Jessica y Elisabet, siento deciros esto, pero un cachorro es demasiado trabajo para una anciana como yo. No podría vigilarlo con mi cuello dolorido. Y ya veis la que ha armado en unos segundos. Y de todas maneras cuesta demasiado alimentarlo. Es posible que ahora sea un perrito pequeño, pero crecerá y será un perro muy grande. Gracias por vuestra buena intención, pero no puedo quedármelo.

A Elisabet no le sorprendió el sesgo que habían tomado las cosas.

Jessica suspiró.

–¿Tú crees que podrías devolvérselo a Joe, Elisabet? Yo voy a quedarme para ayudar a la señora Harrington a ordenarlo todo.

Elisabet estaba muy enfadada. Iba a decir que sólo tardaría un minuto en poner de pie la silla de la cocina, correr la lámpara y colocar de nuevo los almohadones en el sofá. La idea había sido de Jessica. Pero decidió no decir nada delante de la señora Harrington. Se disculpó y, tras despedirse, salió a la calle con el perro.

–¿Te apatece una taza de té? –preguntó la señora Harrington cuando Jessica hubo terminado de poner cada cosa en su sitio–. Ahora iba a prepararme uno para mí.

–La acompañaré con mucho gusto –repuso Jessica. Vio que el periódico estaba abierto encima de la mesa–. ¿Hemos interrumpido su lectura?

La señora Harrington suspiró.

–La verdad es que no. Con todo este revoltijo que los ladrones dejaron tras de sí, no sé dónde están mis gafas de ver de cerca y no distingo bien las letras.

Jessica tomó asiento y cogió el periódico.

–Yo se lo leeré si usted quiere –se ofreció.

La señora Harrington sonrió.

–Vaya, eso sería maravilloso, querida. Traeré el té. Y he comprado unas galletas.

Durante los veinte minutos siguientes, Jessica leyó el periódico de la localidad a la señora Harrington mientras las dos tomaban el té con galletas. Casi había terminado las noticias cuando vio un anuncio.

–Oh, aquí hay algo interesante –dijo–. ¡Un seminario de arte dramático! «En cuatro sesiones los sábados por la mañana –leyó–, este cursillo permitirá a los jóvenes actores aprender declamación, expresión, movimiento y diversas técnicas del arte escénico.» –Jessica arrugó la nariz–. Cuanto trabajo.

–Actuar *es trabajo* –replicó la señora Harrington–. El cuerpo y la voz son las herramientas básicas del actor y, si no sabe como utilizarlas, por mucho que lo desee no llegará nunca a ser un actor, o... una actriz.

–¿Pero actuar no es divertido también? –preguntó Jessica–. Cuando participé en el musical de la escuela, me divertí mucho.

Aunque Jessica no hizo el papel de protagonista, lo cierto es que disfrutó de lo lindo.

La señora Harrington se rió.

–Supongo que eso depende de lo que tú entiendas por divertido –dijo–. A mí me encantaba salir a escena. ¡Era la mayor alegría de mi vida! Pero trabajaba de firme cada minuto que permanecía allí. –Se enderezó para mirar a Jessica de frente–. Muchos jóvenes creen que tienen talento –dijo con firmeza–, pero no todos están dispuestos a soportar el trabajo que representa aprender a actuar. Si de verdad te importa llegar a ser actriz, Jessica, deberías inscribirte en ese cursillo. Así probarás lo que representa actuar y descubrirás en seguida si tienes o no madera de actriz.

Jessica frunció el ceño. Ella sabía que tenía madera de actriz y verdadero talento, y que quería actuar, pero pasar cuatro sábados seguidos en un seminario... y además levantarse temprano... le parecía un precio demasiado alto. Sin embargo, si decía que no, la señora Harrington podría pensar que no le interesaba demasiado ser actriz.

–Bueno, está bien –dijo, procurando demostrar entusiasmo–. Me inscribiré.

VII

El martes por la tarde, Jessica llamó al número que había recortado del periódico y se inscribió en el cursillo de arte dramático. Aún no estaba muy convencida de que fuese una buena idea puesto que a ella no le gustaba el trabajo duro, pero no deseaba decepcionar a la señora Harrington.

Por teléfono, el director del seminario le dijo que le enviaría por correo un folleto explicativo con sugerencias para declamar y moverse en escena, y otras ideas para meterse en el personaje que habría de representar. Le sugirió que lo leyera y ensayara un par de escenas delante del espejo antes de ir a la primera sesión del cursillo.

Pero al llegar el sábado, Jessica no había ni leído el folleto ni ensayado ninguna escena. En realidad, casi se durmió. A las ocho y media, Elisabet la llamó.

–¡Jessica! ¡Todavía duermes! ¿No empieza el cursillo a las nueve y media?

Jessica se tapó la cabeza con las sábanas.

–Me parece que no voy a ir –murmuró somnolienta–. Ya sabes que los sábados me gusta levantarme tarde.

Pero entonces recordó a la señora Harrington y lo excitada que se puso. Jessica le había prometido pasar por su casa cuando terminase la sesión para contarle cómo le había ido. Con un gran suspiro, se levantó de la cama, se cepilló los dientes y, una vez vestida, se dirigió corriendo al seminario.

–Por tu cara adivino que el cursillo te fue muy bien, Jessica –le dijo la señora Harrington cuando le abrió la puerta aquella tarde. Jessica observó que, por primera vez después del accidente, la señora Harrington no llevaba el collarín–. Pasa y cuéntamelo –la invitó.

Jessica siguió a la señora Harrington hasta la cocina, gesticulando muy excitada.

–¡No podía imaginar que fuese tan divertido! –exclamó.

–¿Divertido? –bromeó la señora Harrington–. Yo creía que iba a ser un duro trabajo y nada más. ¿Qué ha sido de toda la técnica que iban a enseñarte?

–Oh, claro que enseñan técnica –replicó Jessica–. Pero es el modo de enseñarla lo que hace que resulte tan divertido. ¡Es como jugar!

–¿Por qué no me cuentas lo que has aprendido? –sugirió la señora Harrington mientras servía las tazas de té y una fuente con bollos de arándano.

Jessica se puso en pie.

–Hicimos mímica –explicó mientras se inclinaba y, con mucho cuidado, empezó a meterse en un traje de esquí invisible. Se abrochó la capucha y luego se caló encima unas gafas. Después se calzó un par de botas también invisibles y los esquís, clavó los palos en la nieve y se preparó para descender por una pendiente imaginaria... muy *empinada*.

–¡Ya sé! –exclamó la señora Harrington aplaudiendo–. ¡Eres una esquiadora! ¡Jessica, eso ha estado muy bien!

Jessica se sentó ruborizada de placer.

–Sobre todo me ha gustado la expresión de tu rostro al final –prosiguió la señora Harrington–. Estoy segura de que yo sentiría el mismo pánico que tú si estuviera ante una pendiente tan pronunciada.

–Me imaginé que estaba en lo alto de la pista más difícil de Bear Valley –confesó Jessica, contemplando kilómetros y kilómetros de nieve.

–Ése es un maravilloso truco de actor –dijo la señora Harrington–. Si tienes que demostrar miedo, has de imaginarte que estás en una situación de mucho peligro. Y además, hay que exagerar. De este modo seguro que comunicarás ese sentimiento a tu público. –Se echó a reír.

–¿De qué se ríe? –preguntó Jessica intrigada mientras cogía un bollo. Nunca había visto reír a la señora Harrington. Así parecía mucho más joven.

La señora Harrington se reía ahora con más fuerza.

–Es que acabo de acordarme de algo muy gracioso que me ocurrió cuando yo era joven y estudiaba en Nueva York. Mi primera profesora de declamación era una mujer rusa, alta y graciosa: la baronesa Kraskovitch. Yo iba a su apartamento para las clases. Vivía en un edificio muy lujoso con la entrada de mármol y portero. Ella siempre llevaba un vestido largo negro, un collar de perlas y unos impertinentes...

–¿Qué son impertinentes? –Jessica la interrumpió.

–Son unos lentes montados en una varilla larga –repuso la señora Harrington–. Solía mirarnos a través de ellos como si fuésemos insectos bajo un microscopio. –Hizo la demostración alzando un hombro y mirando con altivez por encima de su nariz.

A Jessica se le escapó la risa. Se imaginaba perfectamente cómo debía ser la baronesa.

–La baronesa –continuó la señora Harrington– era muy estirada y casi nunca sonreía. El caso es que mi pareja y yo hacíamos mímica, como tú hiciste hoy, sólo que imitábamos animales. Habíamos hecho ya de perros, gatos y caballos y, a continuación, teníamos que hacer de gallinas. Pero, como vivíamos en Nueva York, nunca habíamos visto ninguna, así que no teníamos ni idea de cómo imitarlas.

Hizo una pausa y Jessica se inclinó hacia adelante en el borde de su asiento.

–¿Y entonces qué ocurrió?

–Bueno, nos esforzamos al máximo, naturalmente. Pero nuestro esfuerzo no bastó para la baronesa. «¡*Nyet*! ¡*Nyet*! –gritaba en ruso–. ¡Tengo que *ver* las gallinas!» Y tras dejar sus impertinentes, se subió la falda, echó la sarta de perlas hacia su espalda para que no le estorbase, y se agachó en el suelo para demostrarnos cómo imitar a una gallina.

Y al decir esto, la señora Harrington se colocó en mitad del suelo de la cocina con los brazos doblados hacia atrás como si fuesen alas y luego movió la cabeza de un lado a otro rápidamente en una imitación perfecta de una gallina.

Jessica se reía a carcajadas. La señora Harrington volvió a sentarse sonrojada y contenta.

–Ojalá hubieras visto a la baronesa Kraskovitch haciendo de gallina. Fue un espectáculo que jamás olvidaré.

Jessica se secaba los ojos.

–Creo que yo tampoco lo olvidaré.

Durante el resto de la tarde, la señora Harrington contó historias a cuál más divertida de sus tiempos de estudiante de arte dramático en Nueva York. Cuando llegó la hora de volver a su casa, Jessica vio que la señora Harrington parecía más contenta, más relajada y más bella, como nunca la había visto.

Le pidió a Jessica que volviera durante la semana para ensayar las escenas propuestas por el director para el sábado siguiente. Jessica accedió de buen grado. Ensayar delante de la señora Harrington sería mucho más divertido que hacerlo delante del espejo. Quizá le diera además algunos consejos.

Cuando la señora Harrington acompañaba a Jessica hasta la puerta, cogió una fotografía enmarcada que estaba en una mesita del pasillo.

–A propósito, Jessica –le dijo–. Esta mañana he encontrado esta fotografía antigua en uno de mis cajones. Pensé que tal vez te gustase tenerla.

Era una foto de estudio de Dolores Dufay con su famosa sonrisa ante la cámara. Al pie, con una hermosa letra, decía: «Para Jessica Wakefield, que algún día será una gran actriz... ¡si trabaja de firme! Con cariño, Dolores Dufay.»

–¡Oh, gracias, señora... señorita Dufay! –exclamó Jessica. ¡Aquella foto era mil veces mejor que un autógrafo!

La señora Harrington sonriente le dijo adiós con la mano mientras ella se alejaba con la preciada foto bajo el brazo.

Jessica decidió que ya era hora de hablar con Lila y Ellen de su carrera de actriz y de su nueva amiga y profesora de arte dramático, la famosa actriz de cine Dolores Dufay.

–No te creo –declaró Lila cuando el lunes siguiente Jessica acababa de contar su historia a la hora de comer.

–Yo tampoco te creo, Jessica –dijo Ellen–. Lo que creo es que intentas escaullirte de asistir a varias reuniones del Club de las Unicornio y nada más.

Jessica encogió un hombro tal como había visto hacer a Dolores Dufay. Luego abrió su carpeta y sacó la foto con la dedicatoria.

–¿Y esto lo crees? –preguntó.

Lila contempló la fotografía en silencio y llena de asombro. Luego parpadeó y tragó saliva.

–¿Cómo dijiste que habías conocido a Dolores Dufay? –preguntó al fin.

Jessica le dedicó una sonrisa misteriosa.

—¿Podríamos conocerla nosotras? —preguntó Ellen.

—Tal vez —dijo Jessica con retintín—. Es decir, si vais a la representación que daremos al acabar el cursillo. Asistirá la señorita Dufay, naturalmente, y os la presentaré con mucho gusto.

Jessica estaba segura de que la señora Harrington aceptaría su invitación. Y Lila y Ellen quedarían tremendamente impresionadas al verlas juntas.

Ahora Lila y Ellen miraban a Jessica con más respeto.

—Por supuesto que iremos a verte actuar —dijo Lila.

—No nos lo perderíamos por nada del mundo —convino Ellen.

VIII

Durante las tres semanas siguientes, Jessica se encontró trabajando como nunca en su vida. Para la representación final, el director del cursillo había asignado a cada alumno dos escenas para ser representadas con un compañero. El de Jessica era un chico espigado y muy tímido llamado Martin. Su dos escenas constituían una historia muy breve titulada *La cometa*. La trama era sencilla para que los pequeños pudieran entenderla, pero al mismo tiempo muy conmovedora. Un niño y una niña trabajan de firme para construir una cometa especial en forma de pájaro gigante. Cuando la elevan por el aire por primera vez, al niño se le escapa la cuerda y la cometa se pierde. Pero en vez de disgustarse o enfadarse por haberla perdido, la niña explica que aquello significa que ha de ser libre.

–No lo ves –le dijo a su compañero–, nuestra cometa es como un pájaro muy grande. Y ahora es libre para volar tan alto como se atreva.

A Jessica le gustaba especialmente el final de la obra y le encantaba ser ella la que pronunciara la última frase.

Cuando Jessica enseñó a la señora Harrington el guión de *La cometa*, la anciana se entusiasmó.

–Vaya, si yo he representado esta obra docenas de veces –le dijo–. Cuando estudiaba, hacía de niño y mi mejor amiga, Eleanor, de niña. –Su voz se suavizó–. Y más tarde, la representé con Richard en una serie de teatro para niños.

–¿Le gustaría leer las frases del niño? –preguntó Jessica–. Martin sólo puede ensayar los sábados y sería una gran ayuda para mí que usted las leyera conmigo.

–Pues claro, Jessica.

La semana siguiente a la segunda sesión del cursillo, trabajaron juntas el guión cada tarde. Y luego, puesto que la señora Harrington conocía la obra al dedillo y la había representado tantas veces, empezó a aconsejar a Jessica cómo debía moverse, hablar y expresarse.

78

A Jessica le sorprendió como las frases cobraban vida cuando las pronunciaba la señora Harrington. Llevaba lejos de la escena muchos años, pero cuando actuaba era como si nunca hubiera dejado de hacerlo. Cuando hacía el papel de niño de doce años, resultaba imposible creer que era una mujer de sesenta y cinco. Su voz era tierna y su paso ágil, y su cuerpo fuerte y erguido.

—¿Por qué no vuelve al teatro? —Jessica no pudo por menos de preguntarle—. Estoy segura de que usted podría hacer *muchísimas* obras.

De repente, la señora Harrington volvía a ser una mujer de sesenta y cinco años, de rostro cansado y surcado de arrugas.

—Oh, no podría —dijo mientras se sentaba con flaqueza—. Llevo demasiado tiempo alejada de los escenarios. Sabes, los actores no tenemos vacaciones. ¡Cuando dejas de trabajar un tiempo, la gente olvida quién eres!

—Pero nadie podrá olvidar nunca a Dolores Dufay —protestó Jessica.

La señora Harrington se rió y puso su mano sobre el hombro de Jessica.

—Gracias, querida –dijo–. Pero soy demasiado vieja y estoy demasiado cansada para empezar de nuevo. Y esto es definitivo. –Se puso en pie–. Volvamos a la obra. Sigamos desde la página tres, ¿quieres? Hay un punto muy difícil que necesitamos pulir.

El viernes por la tarde, antes de la representación, la señora Harrigton anunció que estaba muy orgullosa de su alumna y que quería verla actuar en escena. No podía aceptar la invitación de Jessica para ir el sábado porque ella no salía de noche, pero estaba dispuesta a ir al ensayo general y última sesión del cursillo del sábado por la tarde.

Jessica no sabía qué hacer. Al fin y al cabo había prometido a Lila y Ellen que les presentaría a Dolores Dufay. Las llamó para preguntarles si podían ir al ensayo general por la tarde en vez de la función de noche. Pero resultó que tenían otros planes.

—A mí me parece Jessica que estás buscando excusas –dijo Lila con altivez–. Apuesto a que Dolores Dufay tampoco asistirá al ensayo.

–Sí que irá –dijo Jessica a la defensiva–. Si tú y Ellen vais la conoceréis.

–Pues no podemos ir –dijo Lila–. De modo que nos veremos mañana por la noche. –Su voz adquirió un tono de amenaza–. Y ya puedes hacerlo muy bien, Jessica. ¡Después de todo te has perdido muchas reuniones del club estas últimas semanas! Será mejor que demuestres que ha valido la pena.

–Oh, lo haré bien –replicó Jessica con aire de suficiencia–. Espera y verás.

Cuando Jessica colgó el teléfono se sentía decepcionada. Ella hubiera deseado que Lila y Ellen conocieran a Dolores Dufay y vieran con sus propios ojos que le estaba enseñando una estrella de cine famosa. Pero al fin decidió que tal vez fuese mejor así. Después de todo, la señora Harrington ya no tenía *aspecto* de estrella de cine famosa.

Al fin llegó el sábado, el día del ensayo general y la última sesión del cursillo. Jessica estaba en el sótano revolviendo frenética en el cuarto trastero.

–¿Qué buscas? –le preguntó Elisabet que bajaba la escalera.

–Busco aquella cometa vieja de Steven

—repuso Jessica mientras bajaba una caja de una estantería—. Ya sabes, la que parece un gran pájaro dorado. Le prometí al director que hoy la llevaría para el ensayo. Será mejor que vaya a preguntarle a Steven si sabe dónde está.

Subió corriendo a la cocina donde Steven acababa de dar cuenta de un montón de tortitas.

—¿Necesitas esa vieja cometa, Jess? —le preguntó—. Lo siento. Demasiado tarde. Hace semanas que la tiré. Estaba muy rota.

—¿La tiraste? —gimió Jessica desesperada—. ¡Pero yo la necesito! ¡No podremos hacer la función sin ella!

—Pues compra otra —replicó Steven que llevaba su plato al fregadero—. Las cometas son baratas.

Jessica estaba al borde de las lágrimas. ¿Por qué no se había acordado de buscarla antes?

—¿Elisabet, dónde te parece que puedo encontrar una cometa así? —inquirió.

—Bueno, podríamos probar en ese tenderete del fabricante de cometas del mercadillo. Me parece que fue allí donde la compró Steven. —Elisabet miró su reloj—.

Te acompañaré, Jess. Pero no puedo perder todo el día. Tengo que vacunar a Picarón y esta tarde he de llevarlo al veterinario.

–Oh, no tardaremos mucho –le aseguró Jessica–. Además, a la una tengo ensayo.

El mercadillo estaba muy concurrido cuando Elisabet y Jessica llegaron allí. Mientras Jessica iba directa en busca del tenderete del fabricante de cometas, Elisabet se detuvo ante uno de los puestos y empezó a mirar un montón de libros antiguos encuadernados en piel y con letras doradas. El primero que escogió era una selección de obras de Shakespeare.

Y lo que descubrió a continuación la dejó sin aliento. El libro había quedado abierto por la página del título y, en ella, se veía escrito con cuidada caligrafía: «A mi adorada Dolores, de Richard.»

¡Era uno de los libros de la señora Harrington!

En aquel momento volvía Jessica con una cometa dorada muy grande en forma de pájaro.

–¡La encontré! –anunció contenta–.

¡Caramba, qué suerte! ¡Era la única que le quedaba!

Llevándose el dedo a los labios, Elisabet llevó a un lado a su gemela.

—Mira —le susurró mientras abría el libro.

Jessica contuvo la respiración.

—¡Es un libro de la señora Harrington! —exclamó. Luego se tapó la boca con la mano mirando si alguien la había oído.

El propietario del puesto estaba hablando con un cliente.

—¿Cuánto dinero tienes? —susurró Elisabet—. Tenemos que comprar este libro y llevárselo a la policía para que lo vea. ¡Es la prueba de un robo!

Jessica se mordió el labio.

—Me he gastado hasta el último céntimo en la cometa —dijo—. ¿Cuánto tienes tú?

Elisabet abrió su monedero.

—Sólo cincuenta centavos.

—Tendremos que ir a casa a buscar más dinero —dijo Jessica.

—Tenemos que darnos prisa —repuso Elisabet—. Empieza a lloviznar. El vendedor es posible que se marche si empieza a llover fuerte.

84

–Entonces, vamos –exclamó Jessica.

Fueron corriendo a su casa, recogieron sus ahorros y regresaron con sus impermeables, pero cuando llegaron al mercadillo ya llovía. El puesto estaba vacío. ¡Los libros ya no estaban!

–¿Y ahora qué hacemos! –exclamó Jessica preocupada–. ¡Tenemos que encontrar a ese hombre!

–¡Mira! –Elisabet lo señaló–. ¡Es el vendedor de libros! ¡Los está metiendo en su camioneta!

Las dos niñas se le acercaron presurosas.

–Hace un rato he visto que tenía usted una selección de obras de teatro –dijo Jessica jadeante–. ¿Podría verlas otra vez?

–¿No ves que ya lo he recogido todo? ¿Cómo quieres que encuentre determinado libro?

–Oh, por favor –le suplicó Jessica–, si me deja mirar en un par de cajas estoy segura de que lo reconoceré en seguida.

El vendedor gruñó de mal talante, pero sacó un par de cajas. Mientras Jessica buscaba el libro, Elisabet fue a la parte delantera de la camioneta y anotó el número de la matrícula. Al volver, Jessica entregaba al vendedor cuatro dólares por el libro de la señora Harrington con la dedicatoria.

En cuanto se fueron del mercadillo, ambas niñas se dirigieron a la comisaría. Encontraron al comisario Carey detrás de su mesa revisando papeles.

–¡Mire lo que hemos encontrado! –anunció Jessica triunfante mientras colocaba el libro abierto delante de él.

El comisario Carey lanzó un silbido al ver la dedicatoria.

–¿Dónde lo habéis encontrado, niñas?

Elisabet sacó el número de la matrícula.

–Del hombre que conduce esta camioneta. Es un Ford blanco.

El comisario Carey se levantó y retiró su silla.

–¡Lo investigaré en seguida! Enhorabuena, chicas. ¡Es posible que hayáis descubierto a nuestro ladrón!

IX

Jessica llegó al ensayo general exactamente a la una en punto. Todo el mundo se hallaba reunido en los camerinos detrás del escenario, maquillándose y preparándose para el ensayo. Se apresuró a sentarse delante de un espejo para pintarse los labios de rosa fuerte.

–Hola, Jessica –dijo una voz a su espalda.

Al volverse vio a la señora Harrington con un vestido de seda y el cabello blanco recogido en lo alto de su cabeza en un moño vaporoso. Estaba muy bien, pero Jessica seguía pensando que nadie adivinaría quien era.

–Hola, señora Harrington –dijo Jessica excitada–. ¡Estoy tan contenta de que haya venido!

Por un momento pensó en decirle a la señora Harrington que Elisabet había encontrado un libro suyo en el mercadillo y que ahora la policía seguía la pista del ladrón. Pero después se dijo que tal vez no llegaran a descubrir nada y que no sería buena idea dar esperanzas a la señora Harrington hasta tener algo positivo que comunicarle.

–Yo también me alegro de haber venido –susurró la señora Harrington mirando las perchas llenas de vestidos y los tocadores donde se maquillaban los actores–. Hace mucho tiempo desde la última vez que estuve entre bastidores antes de una representación. Me trae a la memoria tantos recuerdos. –Sonrió–. Había olvidado esta maravillosa sensación cálida y maravillosa que se siente antes de que se levante el telón. Siempre me hace sentir un hormigueo por dentro.

Jessica se rió.

–Yo creía que el hormigueo era un síntoma de una grave enfermedad de los nervios.

La señora Harrington asintió.

–Eso también –replicó–. No recuerdo ninguna actuación en la que no permaneciera petrificada los tres primeros minutos. –Sus labios se curvaron en una dulce sonrisa–. Pero después me olvidaba de que el público estaba allí y los nervios desaparecían. Estoy segura de que hoy te ocurrirá lo mismo a ti también.

Jessica la cogió de la mano.

–Permítame presentarle a algunos de mis compañeros de cursillo. Todos se emocionarán mucho cuando descubran que entre el público hay una verdadera actriz.

La señora Harrington dio un paso atrás.

–Oh, no –dijo mientras meneaba la cabeza con decisión–. No quiero que nadie se alborote. Prefiero mirar un poco. Cuando llegue el momento de tu actuación, yo estaré en primera fila mirándote, querida. –Sonrió y tocó con su dedo la mejilla de Jessica–. ¡Rómpete una pierna, Jessica!

Jessica se sobresaltó.

–Es la manera de desear buena suerte entre los actores –le explicó la señora Harrington–. Richard y yo siempre nos lo decíamos antes de actuar.

Jessica sonrió.

–Gracias –dijo–. Necesitaré toda la suerte del mundo.

Durante los cinco minutos siguientes, Jessica acabó de maquillarse. La señora Harrington paseaba tras las bambalinas mirando los accesorios y acariciando los trajes. Luego bajó a la sala todavía a oscuras para sentarse en primera fila.

Después de que las dos primeras parejas de actores finalizasen sus escenas, Elisabet entró en el teatro y fue a sentarse en la primera fila a su lado. Con cuidado colocó una cesta con tapas en el suelo entre las dos.

–Hola, señora Harrington –susurró Elisabet–. ¿Han ensayado ya Jessica y Martin? –preguntó. Tenía que reunirse con Jessica después del ensayo para pasar por comisaría y hablar con el comisario Carey con la esperanza de que tuviera alguna noticia para ellas sobre el robo.

–Hola, Elisabet –repuso la señora Harrington con calor–. Creo que tu hermana es la siguiente. –En el suelo, la cesta empezó a mecerse y a saltar. La miró con curiosidad–. ¿Qué llevas en esa cesta?

Elisabet se reía.

–¿Quiere verlo? –preguntó y, tras levantar la tapa, sacó a Picarón–. Acabo de llevarlo al veterinario para vacunarlo.

La señora Harrington sonriente acarició la mancha blanca de la barbilla de Picarón.

–Se parece a un gatito que tuve una vez cuando tenía tu edad. Dormía conmigo por la noche y pasaba el día en la escalera de incendios vigilando los pájaros. Me encantaba oírle ronronear junto a mí en la almohada hasta que me quedaba dormida. –Sonrió cuando Picarón saltó a su regazo y empezó a jugar con las cuentas del collar que colgaba de su cuello.

Al recordar lo mucho que se había alterado la señora Harrington cuando le llevaron el cachorro, Elisabet cogió al gato en brazos para volverlo a la cesta.

–Lo siento –dijo–. Espero que no le haya estropeado el vestido. Y ahora, Picarón –le dijo al gato–, sé bueno y quédate en la cesta hasta que acabe la función.

Pero Picarón tenía otras intenciones. Sin un instante de vacilación salió de la cesta para volver al regazo de la anciana. La señora Harrington lo acarició.

–Está bien donde está, Elisabet –le dijo mientras acariciaba la piel suave de Picarón–. En realidad creo que se va a dormir.

–Oh, mire. Ahí está Jessica.

Jessica y Martin se colocaron en el centro del escenario. Cuando empezaron a representar su escena, Martin parecía muy nervioso y poco seguro de sí mismo, y varias veces se confundió. En una ocasión se saltó una frase entera, pero Jessica se sabía tan bien la obra que supo remediarlo y la representación transcurrió con toda normalidad.

Cuando terminaron, el director, que estaba sentado al otro extremo de la primera fila, se puso en pie para aplaudir.

–¡Fantástico! –exclamó–. Si los dos lo hacéis esta noche tan bien como ahora, seréis auténticas estrellas. Jessica, tu coordinación ha sido magnífica y tus últimas frases perfectas. Martin, quizá sea mejor que repases tu papel unas cuantas veces más antes de la representación, y procura relajarte un poco. ¿De acuerdo?

En el escenario, Jessica sonreía radiante. Saludó con la mano a Elisabet y a la señora Harrington y les lanzó un beso antes de desaparecer entre bastidores.

La señora Harrington aplaudía también. Devolvió el gato a Elisabet y se puso en pie.

–Tu hermana tiene mucho talento.

Elisabet asintió. Al ver la facilidad y confianza con que Jessica se desenvolvía en escena comprendió que la señora Harrington tenía razón. Su hermana gemela tenía facilidad para actuar.

–Claro que tener talento no significa que Jessica llegue a ser actriz –continuó la señora Harrington–. Mucha gente con talento carece de la disciplina y constancia que se requiere para actuar en escena o delante de las cámaras. No es nada fácil.

Elisabet recordó el esfuerzo que supuso para Jessica levantarse temprano los sábados por la mañana para ir al cursillo. Pero *se había* levantado y trabajado de firme durante las últimas semanas.

–Se requiere algo más que trabajar de firme –continuó la anciana–. Se precisa también el apoyo de la gente que te quiere y mucha suerte. –Sonrió–. Yo fui muy afortunada. Tuve las tres cosas.

Salieron juntas del auditorio y esperaron a Jessica.

–¿No echa de menos pisar un escenario? –preguntó Elisabet–. Después de una vida entera en el teatro dejarlo debe haber sido muy duro.

–Sabes, es curioso –dijo la señora Harrington–: si me lo hubieses preguntado hace un mes, te hubiera contestado que no. Que no me había costado nada. Sin Richard la vida en el teatro no merecía la pena. Oh, quizá, de vez en cuando la recordara. Pero durante estas últimas semanas que he trabajado con tu hermana, he pensado más a menudo. Y hoy, al volver a pisar un escenario... –Se detuvo para reírse con un poco de tristeza–. Hoy, por primera vez, he empezado a pensar que tal vez haya sido un error dejarlo.

En aquel momento se les acercó Jessica todavía maquillada.

–Bueno –preguntó excitada–. ¿Qué le ha parecido?

La señora Harrington miraba a Jessica con un brillo cálido en los ojos.

–¡Mi querida Jessica, has estado maravillosa!

–¿De veras? –preguntó ésta sin aliento–. ¿Tú también opinas así, Elisabet?

Elisabet se rió.

–Sí –repuso–. Yo también opino así. Sobre todo cuando has sido capaz de ayudar a Martin sin que se notara cuando se equivocaba.

–Eso es lo que distingue a un buen actor, Jessica –dijo la señora Harrington–. No sólo te sabes muy bien tu papel, sino el de los demás. En una emergencia puedes ayudar a los otros.

Jessica estaba·muy satisfecha.

–Ojalá viniera esta noche –dijo–. Creo que la obra saldrá incluso mejor delante del público. Bueno –añadió preocupada–, con tal de que Martin no vuelva a saltarse frases... Es un caso grave de miedo al escenario.

–Estoy segura de que esta noche estarás muy bien, Jessica. –La señora Harrington se volvió a Elisabet–. Gracias por presentarme a Picarón –dijo–. Y tras levantar la tapa de la cesta acarició la cabecita del gato con su dedo.

Picarón ronroneó satisfecho y Elisabet sonrió.

–Oye, Elisabet –exclamó Jessica–. Casi se me olvida. ¿No teníamos que hacer un recado? Será mejor que nos vayamos ya.

Elisabet asintió. Se despidieron de la señora Harrington y fueron rápidamente a la comisaría de policía para hablar con el comisario Carey.

X

–Vosotras dos habéis resuelto el caso –anunció el comisario Carey cuando Elisabet y Jessica llegaron a su oficina.

–¿De veras? –exclamaron las gemelas.

–Comprobamos el número de la matrícula y conseguimos su dirección, luego una orden de registro y fuimos a casa del vendedor. No sólo encontramos la mayoría de las cosas que le habían desaparecido a la señora Harrington, incluido ese álbum de recortes que buscábais –el comisario Carey señalaba una caja grande que había en un rincón–, sino que el vendedor se ha confesado autor de varios robos. De modo que va a pasar la noche entre rejas.

Pero a Jessica no le interesaba el ladrón.

–¿Encontró usted el álbum?

–Por supuesto.

–¿Podríamos verlo?

–Claro –contestó el policía que se lo entregó–. Mañana se lo devolveremos todo a la señora Harrington.

Jessica hojeaba el álbum de recortes.

–Se alegrará tanto de recuperarlo. ¿Le importa que se lo llevemos nosotras, comisario Carey? Nos gustaría devolvérselo personalmente a la señora Harrington.

–No creo que haya ningún problema. Al fin y al cabo, de no haber sido por vosotras dos, es posible que no lo hubiésemos encontrado nunca –dijo–. Tendréis que firmarme un recibo. –Rellenó un impreso y ellas lo firmaron.

–Gracias otra vez, niñas. Algún día seréis unas magníficas detectives.

Jessica y Elisabet se despidieron muy sonrientes.

–¿Cuándo crees que debemos darle el álbum a la señora Harrington? –preguntó Jessica mientras volvían a su casa.

–¿Qué te parece esta noche después de la representación? –sugirió Elisabet–. Apuesto a que mamá y papá estarán encantados de acompañarnos a su casa. –Sonrió al pensar en lo contenta que estaba esta tarde la señora Harrington acariciando a Picarón y contemplando la actuación de Jessica. Y entonces, de repente, se le ocurrió una idea... una idea tan acertada que le extrañó que no se le hubiera ocurrido antes. Aquella noche, cuando le llevaran el álbum a la señora Harrington, le llevarían también otro regalo.

Cuando llegaban a la puerta de su casa, sonó el teléfono. Jessica fue a contestar mientras Elisabet sacaba a Picarón de la cesta.

–¿Diga? –Jessica escuchó unos instantes y luego empezó a dar saltos muy contenta–. Sí, señora Harrington –dijo excitada–, ¡será maravilloso! ¡Fantástico! ¡Esta noche nos veremos en el auditorio!

Elisabet comprendió. La señora Harrington debía de haber cambiado de opinión y decidido ir aquella noche al teatro.

–Invítala a venir aquí después de la función –dijo–. Estoy segura de que a papá y mamá no les importará.

Jessica asintió.

–Elisabet y yo nos preguntamos si le gustaría venir a nuestra casa después de la representación. –La señora Harrington debió decir que sí porque Jessica volvió a sonreír–. ¡Estupendo! ¡Hasta la noche! –Y colgó.

–¡Maravilloso! –exclamó Elisabet, bailando en círculo–. Podemos tomar helado y luego darle su álbum de recortes. ¡Qué sorpresa se llevará! «Y yo podré darle también mi regalo», pensó para sí.

Jessica cogió el teléfono y se puso a marcar un número.

–¿A quién llamas ahora? –preguntó Elisabet.

–A Lila y a Ellen. Tengo que decirles que Dolores Dufay estará esta noche en el teatro a pesar de todo. Tal vez les guste llevar a otras Unicornio. –Dejó de marcar–. Oh, Lisa, no olvides tu cámara. Sería estupendo tener una foto de Dolores Dufay y yo juntas después de la representación. Eso haría que las Unicornio se volvieran verdes de envidia. –Volvió al teléfono–. Hola, Lila, soy Jessica. ¿A que no adivinas...?

Elisabet sonrió mientras meneaba la cabeza. Jessica no cambiaría nunca.

Quince minutos antes de la representación, Jessica estaba entre bastidores repasando nerviosa su papel una vez más. Después de maquillarse no tenía nada más que hacer que permanecer sentada e intentar tranquilizarse. Fue hasta las cortinas de terciopelo azul que separaban el escenario del patio de butacas para echar una ojeada. Las luces de la sala aún estaban encendidas y pudo ver que el auditorio estaba casi lleno.

Divisó a su familia en la segunda fila, todos muy compuestos. Elisabet llevaba sus cabellos rubios recogidos en cola de caballo y su vestido nuevo de color azul. Su madre, un traje de noche blanco muy bonito. A su lado, Steven parecía incómodo con su americana deportiva y, junto a Steven, su padre tan guapo como siempre. Y a su lado...

Jessica parpadeó. ¡Al lado de su padre estaba Dolores Dufay! Se frotó los ojos y volvió a mirar. Sí, no cabía la menor duda. ¡La señora Harrington volvía a ser Dolores Dufay! Se había maquillado y peinado sus cabellos blancos de forma graciosa y favorecedora, de modo que parecía diez años más joven. Vestía un elegante traje chaqueta oscuro con una blusa color marfil, un collar de perlas largo y unos pendientes también de perlas. De vez en cuando su padre le decía alguna cosa y ella le dedicaba su famosa sonrisa Dufay.

Jessica no podía creerlo. La anciana señora Harrington había desaparecido para dar paso a la atractiva estrella de cine. Miraba entre el público con la esperanza de que Lila y Ellen estuvieran allí. Seguro que reconocerían a Dolores Dufay, sobre todo al verla sentada con los Wakefield.

Jessica sonreía emocionada. ¡Iba a ser una noche maravillosa! Podía imaginarlo todo... la estruendosa ovación cuando pronunciara la última frase, Dolores Dufay corriendo a besarla y a felicitarla por su magnífica actuación y, lo mejor de todo, las caras de Lila y Ellen cuando les presentara a la atractiva estrella de cine. ¡Todo demasiado bueno para ser verdad!

—¡Estás ahí, Jessica! —le dijo el director preocupado—. ¡Te he buscado por todas partes!

Jessica se volvió dejando caer el extremo del telón.

—¿Ya es la hora? —preguntó nerviosa.

El director le rodeó los hombros con su brazo.

—Lo siento mucho, pero supongo que tengo que decírtelo —comenzó.

—¿Qué? —preguntó Jessica—. ¿Qué es lo que pasa?

El director carraspeó.

—Martin sufre un ataque de terror escénico.

—Oh —exclamó Jessica aliviada—, ¿eso es todo? Esta tarde también estaba asustado y lo hizo muy bien. ¿Dónde está? Quizá pueda animarlo.

El director meneó la cabeza.

—No, Jessica. Él no vendrá esta noche. Acaba de llamarme para decírmelo.

Jessica lo miraba fijamente.

—¿Que no vendrá?

—Lo siento Jessica. Sin Martin tú no podrás actuar.

Elisabet se inclinó hacia adelante en su asiento.

—¿Quieres decir que no vas a actuar? —exclamó horrorizada.

Los ojos aguamarina de Jessica se llenaron de lágrimas al confirmarlo.

—El director suprimirá mis escenas.

—Oh, Jessica —dijo la señora Wakefield—. ¡Qué mala suerte!

—Me he vestido para nada —gruñó Steven.

Al extremo de la fila, la señora Harrington se puso en pie.

–No, no será así –dijo con firmeza mientras extendía la mano–. Vamos, Jessica.

Jessica la miraba sorprendida.

–¿Ir a dónde?

–¡Pues al camerino! Estoy segura de que encontraré ropa de hombre que me vaya bien. Y tengo que maquillarme.

Jessica parpadeó.

–¿Actuará conmigo?

–Puedes *apostarlo* –repuso la señora Harrington–. ¡Démonos prisa!

Veinte minutos más tarde, el público del Teatro Comunitario de Sweet Valley disfrutó de la inolvidable representación de *La cometa*, interpretada por Jessica Wakefield y la bella y atractiva Dolores Dufay... vestida de hombre, con un sombrero viejo calado hasta los ojos para ocultar sus cabellos blancos. Con la actriz a su lado en el escenario, Jessica representó su papel mejor que en los ensayos. Pronunció su última frase con seguridad y el público la ovacionó. Fue un momento vibrante y maravilloso, unos minutos que Jessica no olvidaría jamás.

XI

En casa de los Wakefield, la señora Harrington dejó su helado para mirar a la familia que la rodeaba.

–No encuentro palabras para decirles lo mucho que Jessica, y también Elisabet, han significado para mí en estas últimas semanas –dijo con afecto–. De hecho, creo que Jessica es responsable de mi decisión.

–¿Qué decisión? –preguntó Elisabet.

La señora Harrington sonrió.

–Voy a volver al teatro. El lunes me pondré en contacto con mi antiguo agente. Estoy muy emocionada. Gracias, Jessica, por recordarme lo mucho que me gusta actuar.

Jessica se levantó para abrazarla.

–¡Qué buena noticia! Y ahora tenemos un regalo para usted. Vamos, Elisabet.

–No, tenemos *dos* regalos –la corrigió Elisabet.

Juntas, Jessica y Elisabet trajeron el álbum de recortes que habían envuelto cuidadosamente. Cuando la anciana lo abrió sus ojos se llenaron de lágrimas.

–¡Mis preciosos recuerdos! ¡Me los habéis devuelto otra vez!

Después de que las niñas contaran la historia de cómo habían recuperado el álbum de recortes, todos quedaron muy sorprendidos, incluso Steven. Elisabet, al ver la famosa sonrisa Dufay a través de las lágrimas de la señora Harrington, se sintió muy orgullosa.

En aquel momento apareció Picarón que de un salto se subió al regazo de la señora Harrington.

–Éste es el otro regalo que tenemos para usted –dijo Elisabet señalando a Picarón–. Creo que usted le gusta más que nadie.

La señora Harrington parecía muy sorprendida.

–Eres muy amable, querida. ¿Pero no lo echarás de menos?

–Siempre puedo ir a visitarlo a su casa –repuso Elisabet–. Tengo la impresión de que será más feliz con usted. –Miró a Jessica sonriente. Sabía que a su gemela no le importaría desprenderse de Picarón. Y a la señora Harrington le resultaría agradable tener una compañía constante.

–Bueno, gracias a las dos, niñas. Seréis siempre bienvenidas a mi casa. Y traed también a vuestras amigas.

Jessica sonrió abiertamente. ¡Estaba impaciente por llevar a Ellen y a Lila a visitar a la famosa Dolores Dufay! Quizá llevase también a Janet Howell, la presidenta del Club de las Unicornio.

Ahora que el cursillo había terminado pasaría más tiempo con las Unicornio y tendría que hacer algo para compensar su falta de asistencia a las reuniones. Actuar había sido divertido, pero, como de costumbre, Jessica ya estaba en disposición de iniciar algo nuevo.

El lunes por la mañana Jessica estaba rodeada de sus compañeros de clase que se habían enterado de su triunfo del sábado por la noche.

–¿Vas a trabajar en el cine con Dolores Dufay? –le preguntó Sandra Ferris.

–He oído decir que te vas a Nueva York para actuar en Broadway, Jessica –añadió Ken Matthews.

A Jessica le encantaba ser el centro de atención y no se molestó en explicar que lo que decían sus compañeros no era cierto. Ni tampoco pensaba decirles que iba a dejar el teatro. Se preguntaba quién sería el responsable de haber iniciado aquellos rumores, cuando vio a Carolina Pearce, la chismosa de sexto grado, que se aproximaba por el pasillo. Probablemente los habría propagado ella.

Pero cuando Carolina vio que todos la miraban con atención, en vez de felicitar a Jessica o preguntarle si se iba a Hollywood, anunció:

–¿Os habéis enterado? Diez gimnastas de Alemania Oriental van a venir a Sweet Valley. ¡Y el mejor de todos se hospedará en *mi casa*!

Todos empezaron a hablar a la vez y Jessica dejó de ser el centro de atención. Todos los ojos se volvieron hacia Carolina que añadió en voz alta:

–Llegarán la semana próxima. El que se hospedará en mi casa es *guapísimo*.

Jessica y Elisabet se apartaron del grupo.

–Compadezco al que tenga que vivir con ella –comentó Jessica.

–Oh, Jess –dijo Elisabet–. No te pongas así, porque todos hayan dejado de prestarte atención cuando Carolina ha dado la noticia... De todas maneras, será fantástico. Me muero por conocerlos. Y no olvides que todos son hombres. ¿No te emociona tener diez chicos nuevos en el colegio?

¿Cómo serán los chicos alemanes? Averígualo en el próximo número de Las Gemelas de Sweet Valley.

LAS GEMELAS DE SWEET VALLEY
ESCUELA SUPERIOR

Os gustaría saber que las gemelas de Sweet Valley también han crecido, como vosotras, y, aunque siguen siendo tan diferentes, sus problemas y peripecias son los propios de las alumnas de BUP: tienen más independencia, salen con chicos, van a fiestas, a veces se enfrentan con sus padres, etc.

Podréis conseguir un pin y un poster si seguís sus andanzas en los siguientes libros:

1. Doble juego
2. Secretos del pasado
3. Jugando con fuego
4. Prueba de fuerza
5. Una larga noche
6. Peligrosa tentación
7. Querida hermana
8. El campeón asediado
9. La gran carrera
10. Esa clase de chica
11. Demasiado perfecta
12. Promesa rota

EL CLUB DE LAS CANGURO

Cuidar de los niños de los vecinos parece tan fácil y desca
sado que un grupo de cuatro amigas organiza un club pa
que las personas interesadas encuentren siempre alguna
ellas disponible para cuidar a sus hijos. Sin embargo, hay q
ver la cantidad de imprevistos que se pueden presentar y
responsabilidad que supone superarlos con éxito para es
jovencitas.

TÍTULOS PUBLICADOS

1. La gran idea de Kristy
2. Claudia y las llamadas fantasma
3. El problema secreto de Stacey
4. Mary Anne salva la situación
5. Dawn y el trío insoportable
6. El gran día de Kristy
7. Claudia y la empollona de Janine
8. Stacey loca por los chicos
9. Un fantasma en casa de Dawn
10. A Logan le gusta Mary Anne
11. Kristy y los esnobs
12. Claudia y la nueva alumna
13. Adiós, Stacey, adiós
14. Bienvenida, Mallory
15. Dawn y la miss infantil
16. El lenguaje secreto de Jessie
17. La mala suerte de Mary Anne
18. El error de Stacey
19. Claudia y la broma pesada
20. Kristy y el pequeño desastre
21. Mallory y las gemelas
22. Un zoo para Jessie
23. Dawn se va a California
24. Kristy y el día de la madre
25. Mary Anne pierde a Tigre
26. Claudia y la triste despedida
27. Jessie y el actor infantil de TV
28. ¡Bienvenida a casa, Stacey!